ELIMINÉ

Nous remercions le Conseil des Arts du Canada,
le ministère du Patrimoine canadien et la SODEC
de l'aide accordée à notre programme de publication.

Le Conseil des Arts | The Canada Council
du Canada | for the arts
depuis 1957 | since 1957

 Patrimoine   Canadian
canadien   Heritage

SODEC
Québec ::

Illustration de la couverture
et illustrations intérieures :
Isabelle Charbonneau

Édition électronique :
Infographie DN

Dépôt légal : 1er trimestre 2001
Bibliothèque nationale du Canada
Bibliothèque nationale du Québec

23456789 IML 098765432

TERREUR, LE CHEVAL MERVEILLEUX

Données de catalogage avant publication (Canada)

Quentric-Séguy, Martine

Terreur, le Cheval Merveilleux

(Collection Sésame ; 31)
Pour enfants de 7 à 8 ans.

ISBN 2-89051-780-2

I. Titre II. Collection.

PS8583.U337T47 2001   jC843'.6   C00-942273-0
PS9583.U337T47 2001
PZ23.Q46Te 2001

MARTINE QUENTRIC-SÉGUY

TERREUR
le Cheval Merveilleux

conte

ÉDITIONS
PIERRE TISSEYRE

5757, rue Cypihot, Saint-Laurent (Québec) H4S 1R3
Téléphone: (514) 334-2690 – Télécopieur: (514) 334-8395
Courriel: ed.tisseyre@erpi.com

LE MARCHAND
DE CHEVAUX

Le premier ministre du Bengale[1]
était venu à la célèbre foire aux chevaux de Mathurâ. Cette foire avait
pourtant lieu loin de chez lui, mais
c'était la meilleure en Inde, et peut-
être dans toute l'Asie, pour acheter
les plus belles bêtes. Il cherchait un

---

[1] Le Bengale est une vaste province de l'Inde.

animal que les sages et les devins de son royaume avaient surnommé « le Cheval Merveilleux ». Ils disaient que cet animal avait le pouvoir de protéger celui qui le montait, de lui apporter courage et sagesse. Alors, le très vieux roi du Bengale voulait offrir le Cheval Merveilleux à son fils, le prince héritier, afin de l'aider à assurer la paix et le bonheur du royaume lorsqu'à son tour il deviendrait roi.

Alors que le ministre repartait, déçu de n'avoir pas trouvé le Cheval Merveilleux, il croisa un fameux marchand de chevaux de la lointaine région du Gandhâra. Il engagea la conversation :

— Ainsi, vous venez jusqu'ici pour vendre vos chevaux ?

— J'y viens parfois, en effet. Il y a ici des animaux exceptionnels et je trouve aussi de bonnes adresses pour acheter les meilleures bêtes.

— Vous déplaceriez-vous jusqu'au Bengale ?

— Pourquoi voulez-vous que j'aille si loin ?

— J'en suis le premier ministre. Le roi m'a confié la mission de ramener le Cheval Merveilleux pour notre prince héritier. Si vous trouvez cet animal, venez à Champâpuri, notre capitale, et faites-moi prévenir. Attention : je ne veux ni pouliche ni jument, uniquement le Cheval Merveilleux !

— À quoi le reconnaîtrai-je ?

— Oh ! c'est simple. Son pas ne soulève aucune poussière, il touche à peine le sol en galopant. Celui qui le possède connaît la joie et la richesse, celui qui le monte ignore la peur. Naturellement, il est parfait ! Son poil est doré ; sa crinière, épaisse et noire, est bouclée ; sa mâchoire est puissante comme celle d'un lion. Il a quarante dents très blanches, des yeux très noirs bordés de cils longs et soyeux, une touffe de poils blancs sur le front. Enfin, lorsque ses sabots touchent le sol, ils y impriment une roue à mille rayons.

Le marchand regarda le ministre comme s'il avait mis ses bottes sur sa tête et lui dit : « Bien sûr ! » Il n'en pensa pas moins, mais promit de venir l'année prochaine avec cinq cents bêtes parfaites afin qu'il choisisse un cheval pour le prince. En son for intérieur, il espérait que le roi et son fils étaient moins bizarres que leur ministre. Il salua très poliment son futur client, et reprit la route du Gandhâra tandis que le ministre rentrait à Champâpuri.

L'année suivante, après avoir parcouru mille régions pour réunir cinq cents chevaux superbes, le marchand prit la route de Champâpuri. Il avançait lentement pour ne pas fatiguer les bêtes. Il voulait qu'elles soient en pleine forme à leur arrivée.

Hélas, un poulain naquit dès le début du voyage. Dès lors, ce qui aurait dû être une sorte de longue promenade devint un cauchemar. Dès la naissance du poulain, le troupeau tout entier ralentit son allure afin d'avancer au pas du nouveau venu. Lorsqu'il était fatigué, tous les chevaux s'arrêtaient et se reposaient. Jamais ils n'auraient commencé leurs repas avant la jument et son petit. Jamais ils ne marchaient devant lui.

Les fortes pluies de la mousson[2] surprirent la troupe bien avant Champâpuri. Le marchand dut s'installer plusieurs semaines dans une auberge avec ses bêtes. Au moment de repartir, la facture de l'aubergiste lui fit grincer des dents. Furieux contre le poulain, il décida de s'en débarrasser au plus tôt.

---

[2] En Inde et d'autres pays d'Asie, des pluies très fortes tombent chaque année pendant plusieurs semaines. On appelle cette période « la mousson ».

Il tenta de le vendre à d'autres caravaniers. Mais l'animal avait un fort tempérament. Il ruait et hennissait dès qu'il était tenu serré ou contrarié de quelque manière. On l'avait surnommé « Terreur ». Les éventuels acheteurs comprenaient vite en le voyant et refusaient de s'encombrer d'une telle peste. Terreur et le marchand échangeaient des regards furieux.

2

UN CHEVAL
ENCOMBRANT

À Pujita, un seul homme ne con-
naissait rien aux chevaux, c'était le
potier. Il n'avait jamais entendu parler du poulain, faute de pouvoir s'en
acheter un et de souhaiter consacrer
le moindre temps aux commérages.
Un bien brave homme, ce potier, gentil, simple, timide même. Il vint voir le
marchand de chevaux le matin de

son départ, une facture impayée à la main, un peu gêné de déranger un commerçant tellement important pour une si petite facture.

— Pardonnez-moi, mais ma femme insiste pour que je vous présente la facture des pots que vous avez achetés.

Le marchand prit un air contrit.

— Je suis désolé, je viens de dépenser mes dernières roupies chez le maréchal ferrant[3], il faut que j'aille jusqu'au prochain marché vendre quelque bête avant de pouvoir vous payer... À moins que...!

Il observa le potier qui ne bougeait pas. Le «à moins que...» n'avait provoqué aucune réaction chez lui.

— À moins que je vous laisse ce poulain en paiement. Vous comprenez, c'est une petite facture. Je ne

---

[3] Le maréchal ferrant fixe des fers sous les sabots des chevaux, qui les empêchent de s'user. Ainsi, les chevaux ne sont pas blessés sur les chemins trop durs.

peux pas vous laisser un cheval ou une jument, mais un poulain, c'est possible. C'est une belle bête, voyez vous-même.

Il craignait que l'animal n'en fasse qu'à sa tête, comme d'habitude, qu'il hennisse, qu'il rue ou qu'il croque sans hésiter une oreille du potier.

— Bien sûr, bien sûr, répondit le brave homme, c'est bien gentil à vous. Mais un cheval dans un magasin de potier, ce ne serait pas raisonnable. Il faut que j'en parle avec ma femme.

Le poulain s'était approché de lui. Il lui léchait la main, passait sa tête sous son bras, le regardait comme s'il avait reconnu sa mère. Le potier hésita, s'inquiéta de ce qu'allait dire son épouse. Puis il rit doucement de ces marques d'affection. Alors, trouvant un courage inconnu, il prit la bride de l'animal et la décision de le garder.

Sur le chemin du retour, il ralentit le pas. Inquiet, il cherchait comment

annoncer cette acquisition à sa femme. Comme ils arrivaient, elle partait puiser de l'eau.

— Qu'est-ce que c'est? demanda-t-elle en s'étouffant.

— Eh bien, voilà, le marchand de chevaux n'avait plus d'argent sur lui, alors j'ai pris ce cheval en paiement.

— Quoi? Ce cheval-ci est une terreur. Tout le monde le sait! Ce marchand cherchait un sot à qui le laisser. Si tu ne veux pas qu'il pulvérise tes pots, dépêche-toi de le rendre et demande un paiement en pièces.

— C'est que... l'homme est déjà reparti.

— Alors, hâte-toi d'amener cet animal au boucher et au tanneur, qu'ils nous délivrent de cette peste!

— Mais non, il est très doux, regarde.

Celui que tout le monde avait surnommé « Terreur » léchait délicatement les pieds de la femme du potier.

— C'est ma foi vrai qu'il a l'air gentil. Tout de même, fais très attention, il cache peut-être son jeu.

— À mon avis, ce pauvre petit a dû se débattre lorsqu'ils l'ont séparé de sa mère et il doit sa réputation à sa détresse. Il est déjà orphelin, ne le traitons pas rudement.

— Mon époux, je souhaite que tu aies raison, murmura-t-elle, inquiète.

Elle posa une jarre en équilibre sur sa tête et marcha vers le puits.

3

CHEZ
LE POTIER

Pendant que son épouse puisait l'eau, le potier caressait le cheval affectueusement.

— Ainsi tu t'appelles Terreur? Eh bien, Terreur, bienvenue chez moi. Il faudra que tu fasses bien attention à mes pots, ils sont notre seule richesse pour nous nourrir tous les trois.

— Oui, grand-père, répondit l'animal, je ferai très attention à tes pots. Ma présence sera une aide pour toi, non un appauvrissement, je te le promets.

Le potier était un homme simple. Il ne s'étonna pas outre mesure que le poulain parle. Le marchand de chevaux venait de loin, du Gandhâra disait-on. Dans ces pays lointains, on voit sûrement des choses étranges!

Terreur circula comme un chat parmi les pots, levant ses sabots bien haut pour ne rien casser. Le potier et son épouse, revenue du puits, furent ravis. Le cheval s'approcha de ses heureux propriétaires pour les sentir et les toucher du bout de ses lèvres sensibles. Eux lui caressèrent la tête. Ils s'étaient mutuellement adoptés.

Il fallut ajouter à leur cabane une écurie en terre battue. Le potier et sa femme la construisirent de leurs mains. Sitôt finie, ils y brûlèrent un encens[4] odorant pour éloigner le mauvais sort. Puis ils décorèrent la porte avec quelques fleurs d'hibiscus[5] rouges. Enfin, ils installèrent dedans une large écuelle en terre cuite, façonnée spécialement pour le poulain. Terreur fit le tour de son appartement avec satisfaction, puis hennit gaiement. Chacun s'endormit pour la nuit.

Le lendemain matin, Terreur sortit de l'écurie. Il s'ébroua légèrement pour remettre son poil en ordre et, d'un fier mouvement de tête, rejeta sa crinière soyeuse vers l'arrière. Se sentant prêt, il vint chercher le potier dans le magasin.

— C'est jour de marché au village voisin. Il y aura une grande demande de pots. Mets des paniers sur mon dos, charge-les bien et allons-y.

---

[4] L'encens est la résine parfumée de certains arbres. En brûlant, elle répand une bonne odeur.

[5] L'hibiscus est un arbuste qui produit de belles fleurs rouges, blanches, jaunes ou roses.

— Voyons, Terreur, trois ou quatre pots feront l'affaire, je n'en ai jamais vendu plus dans ce village.

— Puisque c'est moi qui les porte et qui te le conseille, écoute-moi. Remplis bien tes paniers aujourd'hui. Souviens-toi : je t'ai promis de t'aider.

Le potier chargea les paniers pour ne pas attrister Terreur, mais partit sans illusion. Le chemin en compagnie du poulain lui parut différent : joyeux et court. Ils arrivèrent tôt et trouvèrent une bonne place pour étaler leurs marchandises. Jamais autant de personnes n'avaient admiré et acheté ses pots. Chaque passant semblait attiré par Terreur et le potier. Les deux amis vendirent tout leur chargement, repartant même avec des commandes à livrer lors du prochain marché. Le potier caressa tendrement le col du cheval.

— Tu avais raison, je suis bien content de t'avoir écouté.

L'épouse se réjouit fort lorsqu'ils lui racontèrent leur journée. Elle observa Terreur d'un œil attentif et pensif. Le soir, elle lui offrit une pomme rouge et posa une rose odorante près de sa mangeoire.

Les semaines passèrent ainsi. Le potier, son épouse et Terreur étaient

heureux ensemble. Une grande ten-
dresse les unissait et les pots se
vendaient si bien que leur vie était
devenue confortable.

4

À CHAMPÂPURI

À Champâpuri, le premier ministre s'inquiétait. Le roi était mort sans avoir pu offrir un cheval véritablement royal à son fils. Le jeune prince lui avait donc succédé sans posséder de cheval digne de sa fonction. Ce roi à pied ou monté sur un cheval ordinaire n'avait pas grande allure! L'année allait finir, la mousson était venue puis repartie. Aucun marchand de chevaux ne s'était présenté. Quand l'homme du Gandhâra se fit enfin annoncer, le ministre oubliant toute dignité se précipita à sa rencontre.

— Que vous est-il arrivé ?

— Quelques juments ont eu des petits qui nous ont retardés. Ensuite, la mousson nous a bloqués plusieurs semaines dans un village. Enfin, me voici avec cinq cents bêtes, telles que vous n'en avez jamais vues.

— Montrez-les-moi tout de suite, je vous suis. Je veux les voir maintenant, en pleine lumière.

Le ministre traversa les couloirs puis les jardins du palais à telle allure qu'il était bien difficile de le suivre. Ils arrivèrent cependant ensemble devant le troupeau. Les chevaux étaient si racés, si fringants, que le ministre poussa un « oh ! » admiratif. Puis il entreprit une inspection détaillée de chaque bête. Il en disait le plus grand bien avant de lâcher : « Hélas, non ! Hélas, non ! » Enervé, le turban de travers, le marchand craignait d'avoir parcouru tout ce chemin à l'invitation d'un fou qui le renverrait sans même lui acheter une paire de chevaux.

Lorsque l'inspection s'acheva, le ministre avait un air sombre. L'homme du Gandhâra se demandait s'il n'allait pas exploser de colère : nul roi ne pouvait prétendre aligner seulement une dizaine d'animaux aussi exceptionnels. Il en amenait cinq cents, inégalables, et cet homme osait être insatisfait ?

Le ministre se tourna vers son secrétaire qui accourait.

— Achetez-les tous, donnez un bon prix à cet homme, ces bêtes sont remarquables. Hélas, le Cheval Merveilleux n'est pas parmi eux.

Le marchand se détendit aussitôt. D'une tape de la main, il réajusta son turban. Mais sa curiosité était piquée à vif : il aurait tout de même aimé voir ce Cheval Merveilleux, capable de surpasser ceux-ci en qualité !

5

C'EST LUI !

Les deux hommes retournèrent au palais tandis que les palefreniers[6] du roi prirent le troupeau en charge. Ces experts en chevaux vérifièrent l'état de santé de chaque bête avant de l'installer dans les écuries royales.

Assis en tailleur, installés au milieu des coussins, le ministre et le marchand de chevaux se rincèrent

---

[6] Les palefreniers sont des personnes chargées de soigner les chevaux.

les mains. Devant eux, sur de larges plateaux en cuivre, des mets savoureux étaient disposés sur des feuilles de bananier. Au milieu s'élevait une pyramide de riz. Des sauces colorées attendaient dans de petites coupelles. Ils bénirent les plats, les saluèrent à mains jointes, puis chacun roula des boulettes de sa main droite pour les jeter d'un geste rapide dans sa bouche. Selon la tradition du pays, personne ne devait parler pendant les repas. Pourtant, un palefrenier surgit en hâte et les interrompit au milieu du festin.

— Monsieur le Ministre, une femelle semble avoir eu un petit. Mais il n'est pas dans le troupeau. C'est étrange! Les autres chevaux ont une attitude respectueuse envers cette jument, comme s'ils lui donnaient toujours la première place.

Le ministre se rinça rapidement la main, l'essuya, repoussa le plateau et bondit hors des coussins. Il criait presque.

— Qu'est devenu ce poulain ?
L'avez-vous vendu ? À qui ?

— Je n'ai vendu aucun poulain,
s'étonna le marchand, tellement
soulagé de s'être débarrassé de Terreur qu'il l'avait déjà oublié.

— Ce poulain est mort ?

— Mais non, aucun animal n'est
mort !

— Cherchez bien, vous ne l'avez
pas donné ?

Au mot « donné », la mémoire lui
revint :

— Ah oui, j'ai donné un poulain à un pauvre diable de potier qui doit m'en vouloir aujourd'hui. Croyez-moi, cet animal n'avait rien d'un cheval merveilleux! C'était une bête si capricieuse que nous l'avions surnommée «Terreur». Il m'a attiré les pires ennuis.

Le ministre se pencha vers le marchand. Parlant soudain très bas, il demanda:

— Quel genre d'ennuis?

De plus en plus persuadé que le ministre avait par moments des courants d'air dans la tête, le marchand murmura:

— Il ralentissait tout le troupeau et n'en faisait qu'à sa tête. Imaginez: sitôt né, ce poulain marchait devant tous les chevaux qui le suivait aveuglément!

— Avait-il une touffe de poils blancs sur le front et une longue crinière noire bouclée? Son pelage était-il doré? Son pas traçait-il des roues à mille rayons sur le sol?

— En effet, il avait cette touffe blanche, la crinière noire et bouclée, le poil doré. Quant à son pas, je ne l'ai pas vu : il marchait toujours devant, aussi le troupeau à sa suite en effaçait les traces !

— Un chef sitôt né et plusieurs signes correspondants. C'est sûrement lui ! Quel est le nom et le village de ce potier ? Parlez bas, je vous prie : il y a dans ce palais des conspirateurs qui cherchent à renverser notre jeune roi. S'il n'a pas rapidement ce cheval qui a le pouvoir de protéger son maître, ils réaliseront leur crime.

— J'ignore le nom de cet homme, mais c'est le seul potier du village de Pujita et des environs.

Le ministre appela son secrétaire. Il lui ordonna de partir sur-le-champ avec le marchand.

— Emmenez des soldats pour défendre le trésor que vous rapporterez. Emportez un coffre rempli d'or et de joyaux. Ramenez d'urgence, quoi qu'il en coûte, le cheval nommé « Terreur ». Avant de l'acheter, vérifiez cependant qu'il a bien des roues à mille rayons gravées sous les sabots.

— Je n'irai pas jusqu'au magasin du potier, dit le marchand. À l'heure qu'il est, cet homme paisible risque de vouloir me tuer : je lui ai fait un cadeau empoisonné !

— Je vous demande seulement d'identifier le cheval ! répliqua le ministre avant d'ajouter : Vous serez largement dédommagé pour ce voyage.

La promesse décida le marchand.

Le secrétaire et sa suite se mirent en route pour retrouver et ramener Terreur. Le chemin était long, épuisant pour les bêtes et les hommes qui pressaient le pas.

6

ACHETER
TERREUR

Au palais, à Champapūri, des hommes masqués tentèrent de tuer le jeune roi. Grâce au premier ministre, aidé de soldats décidés, ils échouèrent. Les conspirateurs s'enfuirent dans les montagnes. Mais, sans cheval puissant pour mener ses troupes, le roi ne put ni les poursuivre ni les punir. Il s'enferma dans ses appartements pour éviter toute nouvelle tentative d'assassinat.

Pendant ce temps, à Pujita, le potier vit entrer dans son magasin une troupe de seigneurs et de guerriers majestueux. Il se leva pour les accueillir, s'inclina et toucha légèrement le bout de leurs pieds pour les saluer respectueusement. Il était fort étonné que d'aussi grands personnages se déplacent en si grand nombre pour acheter quelques pots.

— Entrez, entrez, beaux seigneurs. Que puis-je faire pour vous servir ?

— Salut à toi, potier, nous cherchons un cheval. Nous avons entendu dire que tu en as un qui risque de t'encombrer parmi tes pots. Nous venons t'en offrir un bon prix.

— Certes, j'ai bien un cheval, mais il ne m'encombre pas. Je ne souhaite aucunement le vendre.

Personne n'avait envisagé une telle réponse. La situation se compliquait. Comment convaincre cet homme de vendre son cheval?

L'instant de surprise passée, le messager tenta l'intimidation :

— Je suis le secrétaire du premier ministre du nouveau roi de Champâpuri. Le roi avait commandé cinq cents chevaux à un marchand du Gandhâra. Ces bêtes sont bien arrivées, mais une jument avait mis bas avant Champâpuri et le vendeur a disposé du poulain. Cependant, il est clair que celui qui achète un troupeau l'achète entièrement! Ce poulain appartenait au troupeau, il doit donc rejoindre sa mère.

Plein de courage pour défendre Terreur, le potier répliqua tout net :

— Ce n'est plus un poulain aujourd'hui, il est sevré de longue date. Comme cet animal m'a été donné en paiement d'une dette, il est à moi et je ne souhaite pas le vendre.

— Réfléchissez, voyons, nous sommes prêts à vous remettre le prix de deux chevaux pour un seul.

— Je ne le vends pas !

— Bien, disons le prix de trois chevaux. Pensez-y bien ! Je reviendrai demain pour connaître votre réponse.

Le magasin se vida. Le potier resta seul, éberlué devant l'insistance de ces gens. Sa femme entra aussitôt.

— Mon époux, es-tu devenu fou ? Ces hommes t'offrent le prix de trois chevaux pour un seul et tu hésites ? Qui t'en proposera autant ?

— Personne ne m'en offrira autant, mais qu'importe ! Je ne veux pas vendre Terreur. A-t-on jamais entendu parler d'un homme qui vendrait son fils ou son ami ?

— Tu exagères! Certes, il est gentil, mais ce n'est qu'un cheval tout de même! D'ailleurs, il avait promis que sa présence serait une aide. Il pensait peut-être au prix que tu pourrais tirer de sa vente?

— Elle a raison, dit Terreur en passant sa belle tête par la fenêtre. Tu vas me vendre à ces gens. Mais tu leur demanderas cent mille pièces d'or.

— Là, c'est toi qui exagères, fiston! Ces gens-là ont l'habitude d'acheter des chevaux et nul n'a jamais acheté un cheval cent mille pièces d'or.

— S'ils rient, dis-leur que le Cheval Merveilleux vaut bien cent mille pièces d'or, pas une de moins.

— C'est astucieux, ainsi ils repartiront et tu resteras ici!

— Nous verrons cela.

7

EXIGENCES

Le lendemain, le secrétaire revint, claquant du talon et bombant le torse sous ses médailles.

— Avez-vous réfléchi à mon offre?

Le potier restait muet, le visage sombre. Son épouse s'avança, bien décidée, le front haut, les poings sur les hanches.

— Pour Terreur, c'est cent mille pièces d'or, pas une de moins!

— Voyons, madame, qui achèterait un cheval cent mille pièces d'or?

— Mais, c'est pour... Terreur.

Elle tentait de se souvenir du nom qu'il avait donné. Soudain, il lui revint.

— C'est cent mille pièces d'or pour... le Cheval Merveilleux!

Le secrétaire regarda autour de lui, l'air inquiet:

— Qui d'autre que vous pense que Terreur est le Cheval Merveilleux?

— Personne, pourquoi?

Le secrétaire réfléchit très vite. Il savait que le coffre contenait plus que cent mille pièces d'or. Le premier ministre devait connaître le prix de ce cheval. Donc, il ne serait pas surpris. Il vérifia les sabots de Terreur, y vit quatre roues à mille rayons. Aussitôt, il accepta le marché. Il remit les cent mille pièces au potier, catastrophé, et à sa femme, ravie. Elle se voyait déjà entourée de domestiques dans une grande maison, vêtue de saris[7] de soie, avec, à ses chevilles, des bracelets d'or qui tintaient à chaque pas.

La troupe revint sans tarder à Champâpuri avec le cheval. Sitôt arrivé au palais, Terreur fut conduit dans une écurie, à part du troupeau. Cependant, les cinq cents chevaux, humant sa venue, hennirent pour le saluer. Il hennit en retour, d'un hennissement si puissant que le roi et le premier ministre surent qu'il était arrivé. Lorsque le secrétaire se présenta devant eux, ils étaient souriants.

Mais, au petit matin, les palefreniers, pâles et inquiets, vinrent prévenir le ministre que nul ne pouvait approcher Terreur. Il refusait d'être

---

[7] Le sari est un vêtement traditionnel des femmes indiennes. Sept mètres de tissu sans couture qui tiennent sans bouton ni épingle, mais par la façon astucieuse de les draper autour du corps.

brossé, de boire, de manger, de dormir. En robe de chambre et bonnet de nuit, le premier ministre se précipita pour juger par lui-même de la situation. Il arriva devant l'écurie et s'écria :

— Comment, vous l'avez mis dans une écurie ordinaire ?

Un silence surpris lui répondit.

— Ce cheval n'est pas un cheval ordinaire ! Il lui faut une écurie tendue de soie, une mangeoire et une écuelle en or. Chaque matin, il recevra une guirlande de fleurs dorées et le prêtre chargé du temple le bénira en traçant un trait de poudre rouge sur son front.

Les palefreniers se précipitèrent pour obéir aux ordres. Le prêtre se fit un peu tirer l'oreille avant d'approcher le cheval. Terreur accepta alors de boire, mais pas de manger ni d'être brossé.

On avertit le premier ministre. Il comprit que Terreur devait être reçu avec tous les honneurs dus à son rang, c'est-à-dire comme un monarque étranger en visite. Il invita le roi et la première dame du royaume à recevoir leur hôte au cours d'une grande cérémonie. Étonné, agacé et inquiet pour sa sécurité, le roi se déplaça. Nul ne réussit à trouver Madhou, sa jeune cousine. Cette demoiselle étant la seule princesse du royaume, elle en était la première dame. Qu'était-elle devenue ?

Après la cérémonie, Terreur accepta d'être brossé, mais il refusa toujours de se nourrir. Toute la vie du palais semblait être centrée autour des questions : « Que faire pour que Terreur se nourrisse ? » et « Où est Madhou ? »

8

MADHOU

Tandis que tous s'inquiétaient, Madhou passa son nez par la fenêtre de l'écurie où somnolait Terreur. Son joli nom, qui signifie « miel », lui allait fort bien. Son teint était doré, sa peau douce et un parfum de jasmin enveloppait ses gestes gracieux.

— Bonjour ! C'est toi Terreur ?
Le cheval resta silencieux.

— Tiens, tu ne parles pas ? Je croyais que le Cheval Merveilleux parlerait.

Elle jeta un coup d'œil circulaire.

— Dis donc, pour un cheval, tu as une belle vie ! Tu es traité comme un roi, alors que mon cousin s'enferme dans son palais comme un prisonnier ! Pour moi aussi, la vie est dangereuse. Comme je suis la première dame du royaume, le chef des rebelles voudrait m'épouser puis tuer mon cousin afin d'être roi à sa place. Alors, je me cache. Et toi, pourquoi ne manges-tu pas ?

— Parce que le potier est mon ami, qu'il est triste sans moi et que je suis triste sans lui.

— Tiens, tu parles ? Pourquoi ne demandes-tu pas au premier ministre d'inviter le potier ?

— C'est un vieux monsieur qui ne m'a jamais adressé la parole. Comment lui parlerais-je ? C'est contraire à la politesse !

— Ah, c'est vrai ! Veux-tu que je lui dise combien ton ami te manque ?

— Tu ferais cela pour moi ?

— Oui, bien sûr !

— Alors, je te sauverai, ainsi que ton cousin.

Se hissant sur la pointe des pieds, elle lui plaqua un énorme baiser entre l'oreille et la crinière avant de partir en courant.

— Monsieur le Ministre, monsieur le Ministre !

— Ah, vous voilà ! Princesse, où étiez-vous passée ?

— Terreur s'ennuie, le potier lui manque !

— Nous vous avons cherchée partout et... Que dites-vous ?

— Je dis que Terreur veut revoir le potier.

— Qui vous a dit cela ?

— Terreur, bien sûr !

— Terreur vous a parlé ?

— Puisque je vous le dis !

Le ministre regarda Madhou dans les yeux. Assurément, cette demoiselle ne mentait pas. Il appela son secrétaire.

— Allez d'urgence chercher le potier !

TERREUR
ET SES AMIS

Lorsque, pour la seconde fois, le secrétaire arriva devant la poterie de Pujita, il la trouva fermée. Il frappa à la porte, à la fenêtre, personne ne répondit. Pâle et amaigri, le potier vint enfin lui ouvrir d'un pas lourd. Voyant le secrétaire, il courut vers son lit, prit le coffre caché dessous, l'apporta et le posa prestement à ses pieds.

— Rendez-moi mon cheval! Je n'ai que faire de cet argent!

— Je crois que votre désir de le revoir n'a d'égal que le sien. J'étais venu vous demander de me suivre à Champâpuri parce qu'il refuse toute nourriture en votre absence.

— Ma femme, viens vite, nous rejoignons Terreur. Il a besoin de nous!

L'épouse surgit. Inquiète pour son époux si triste depuis le départ du cheval, elle craignait qu'il délire maintenant. Mais en voyant le secrétaire, elle sourit et mit sa main dans la main de son mari, prête à le suivre vers son bonheur.

Tremblant d'émotion, le potier pénétra dans l'écurie luxueuse de son ami. Aussitôt, le cheval vint lui lécher les mains. Le vieil homme sortit de sa poche une pomme de son jardin, il la fit briller sur sa manche, puis l'offrit au Cheval Merveilleux. Boudant l'herbe fraîche dans la mangeoire en or, Terreur savoura le fruit de l'amitié véritable. C'est alors que Madhou remis le nez à la fenêtre.

— Lorsque tu seras rassasié, n'oublie pas ta promesse, Cheval Merveilleux.

— Viens, j'ai assez mangé. Monte sur mon dos, allons ensemble sauver ton cousin.

Puis, léchant une fois encore les mains amies, il ajouta :

— Je reviens, ne t'inquiète pas. Si on te demande où nous sommes, réponds qu'il faut aménager des écuries pour cinq mille chevaux et une prison pour cinq mille prisonniers.

TERREUR, LE CHEVAL MERVEILLEUX

Inquiet, le premier ministre vint jusqu'à l'écurie pour savoir si Terreur avait enfin accepté de se nourrir. Il trouva le potier, assis sur une balle de foin, qui attendait tranquillement.

— Où est-il?

— Il est parti avec une fillette, pour sauver son cousin.

— Il est parti avec Madhou?

— Si Madhou est une jeune demoiselle au teint de miel, aux gestes gracieux, qui a un cousin, ils sont partis ensemble. Terreur a demandé que soient aménagées des écuries pour cinq mille chevaux et des prisons pour cinq mille prisonniers.

Pendant ce temps, Terreur et Madhou galopaient jusqu'au camp des rebelles. Lorsqu'ils s'en approchèrent, les gardes se précipitèrent sous la tente du chef pour l'avertir:

— Terreur, le cheval que l'on dit merveilleux, arrive, monté par Madhou, la cousine du roi!

Le chef des rebelles riait de sa chance: il allait capturer Madhou sans effort, puis l'épouser sans tarder. Ensuite, chevauchant le cheval royal, il irait au palais, tuerait le souverain et se ferait proclamer roi!

Terreur se planta au milieu du camp. Il hennit à hérisser le poil sur les bras des plus braves. Cinq mille chevaux qui attendaient la bataille hennirent en retour. Brisant leurs attaches, ils vinrent à lui, ruant et écrasant quiconque voulait les retenir. Assommés, les rebelles gisaient sur le sol. Terreur saisit leur chef par le collet et partit au galop. Chaque cheval saisissant un homme par le col emboîta le pas à Terreur.

Sur les remparts de Champâpuri, les gardes du palais acclamaient les chevaux qui accouraient en portant leurs prisonniers. Le jeune roi en personne vint saluer leur arrivée. Les rebelles furent emprisonnés et les chevaux, traités en héros.

Le roi s'inclina devant le Cheval Merveilleux, il le remercia de son exploit. Terreur lui répondit :

— Majesté, tout ceci n'aurait jamais eu lieu si votre belle cousine, qui avait vu clair dans le jeu de vos

ennemis, n'était pas intervenue en votre faveur. Gardez près de vous cette dame si tendre, intelligente, simple et courageuse. Lorsqu'elle en aura l'âge, épousez-la, votre royaume connaîtra la prospérité.

Le roi regarda Madhou avec étonnement. Pour la première fois, il s'aperçut combien elle était belle. Sa peau de miel et ses gestes gracieux étaient déjà ceux d'une reine. Il promit joyeusement de l'épouser. Madhou baissa les cils et rosit de plaisir.

Le roi nomma le potier chef de l'écurie royale et unique palefrenier de Terreur.

Le premier ministre put enfin se reposer, car il était très âgé. Plus tard, les princesses, les princes et les poulains de Terreur prirent l'habitude de venir jouer ensemble auprès du beau vieillard.

Le royaume connut une longue période de paix et de bonheur.

TABLE DES MATIÈRES

Martine Quentric-Séguy

Je suis née en France, près de Paris. J'aime la beauté, j'aime les gens, j'aime rire. J'ai peint à l'eau, à l'huile, et même avec de l'œuf ! Puis j'ai beaucoup voyagé, surtout en Asie. Partout, j'ai rencontré des personnes magnifiques. J'ai aussi vu trop de personnes tristes, alors je suis devenue psychologue. Je rêvais de supprimer la souffrance.

Depuis longtemps, j'écris des textes compliqués. Pourtant, ce que j'aime surtout lire, entendre et dire, ce sont des contes. Alors, depuis trois ans, je suis devenue conteuse. J'écris parfois des contes pour les adultes et pour les enfants ; et parfois, je les raconte en spectacle Je crois que c'est une belle façon de donner du bonheur.

SÉSAME

Collection Sésame